句集

花合歓

榎本好宏

HANANEMU

Enomoto Yoshihiro

樹芸書房

句集　花合歓

目次

句集　花合歓

第一章　平成三十年

山なみの一つ抽んづ恵方道

朝市の牡蠣の音より始まりぬ

雪吊りの結び目にはや積りそむ

寒参り奥の院へは待つことに

雪踏みの跡米蔵へ続きけり

銘仙の昨夜織り上がる深雪晴

指貫をはづし置く音雪をんな

霜の声こぞり白木の新仏

風花の田毎の鶴を消しながら

薄氷へ女滝の細く吹かれつつ

弟も焚火の匂ひさせ帰る

豆撒きのしりへに升を持たされて

春めきぬ何に触れど軟らかく
青麦の畝の届きぬ山裾に
山を焼く風上に人寄せられて

畑打ちの家訓通りに大安に
枝川にまづ鵜馴らしの長良川
大皿に白魚あをく並べられ

犬ふぐり立てば短き己が影

二ン月の終ひ日晴れて了りけり

囀やまた手庇の彼方より

屋根葺きもお薄の席に招ばれけり

塩の道また山がかり岩燕

貝の殻持《も》上《た》げものの芽揃ひけり

悼

引鶴の羽音のやうに兜太逝く

遺書書くとすれば一言亀鳴くと

篝消え桜明りとなりにけり

化粧《けはひ》して都をどりの列につく

卒寿とは知らず桜湯いただきぬ

桜散り山に蒼さの勢ひまた

葉桜の花街に灯の点りそむ

人沸かせ人を哭かせて葉桜に

植田澄むしんがりに足拭きながら

きのふより藤房太くなりにけり

別院へ若葉の日向日陰かな

桐の花越後へ峠六十里

葉桜の影にふえけり蟻の穴

本棚に金魚鉢置き娶らずに

牡丹咲く花に待たれてゐたやうに

裳裾はや雀隠れに阿弥陀さま

葉桜に聞くことあまた指折りて

早苗饗の上座に父の風呂上がり

ぼうたんの花びら散らし棺閉づ

山開き翁加はる笛方に

今年より見上ぐるだけの山開き

花道の少し短し夏芝居

飛魚《あご》干して門前町のここらより

桐の花逢瀬はいつもこんな頃

白絣畳みてあれど帰らねば

白足袋の男衆《をとこし》三社祭けふ

斑猫に案内されてや弁才天

繭掻きのこの日ばかりは祖母に伯母

初螢仏足石の上にまで

遠雷の光ときどき燕の子

解きながら嵩もほどほど単帯

戒名に二字を選ばば青簾

座蒲団の運び込まるる貴船川床

若葉より万緑へ滝神の山

神の滝もひとつ折れて杜の中

みみしひに安らぎの音女滝落つ

平成三十年

岩燕男滝の霧にまた戻る

めまとひを払ふ西日を払ふやに

合歓に花一人にさせて下されよ

若葉影瀬波に溢れ下りけり

艪の音と浮巣数へる客のこゑ

一枚は雀隠れの田となりぬ

栗の花寺を仰ぎて塩の道

竹落葉踏みて黄泉より戻りけり

社務所よりさらひの鼓青田の上

蚊燻しを炷《た》きてもらひぬ茶室まで

大方の花も祭りも終へて梅雨

青林檎梯子に楔打ちながら

踏台のなくて簾の吊れたのに

水打ちて間なく点きけり板場の灯

早苗饗の鯛の反り身に箸つけず

渋団扇の音聞きながら育ちけり

蟻の曳く骸小石を動かせて

漆掻き缶の音させ下りて来る

人赦すこと花栗の匂ひして

梅を干す戸板並べぬ仏道

桐の花手紙の来ない一日あり

澼に舳《さき》寄せてくれけり螢舟

干し梅の月の日数をもう一夜

別院を巡り絵日傘戻り来る

午後からも母の茶の友心太

どの花も蕾がよろしし梅雨の明く

蜩を聴きに信濃へ行つた筈

妙義より西の高みへいなつるび

蕎麦の花山裾一里いや三里

鮓桶の瀬川に並べ浮かせあり

海からの星のさざなみ合歓の花

神の在《ま》す仏の坐《いま》す夏木立

神鏡の中を毛虫の糸下り来

声のしてやがて篝火虫送り

雨乞ひに振らるる花の榊かな

飛魚の羽を広げて買足しぬ

神の川広がり羽州青田風

棉の花をみならに影なかりけり

原爆忌銀座服部時計店

とんばうの飛白となりぬ月の出て

四十雀小雀に順のあるやうに

磐梯の見ゆる自慢や走り蕎麦

母鶴を折れなくなりぬ終戦忌

よもや吾《あ》の座る席とは生身魂

送り火や昭和このかた幾人《いくたり》を

盆送り廊下を拭きて済みにけり

釈迦の掌に桃載せ僧の棚経へ

送り火の後ろにいつも寺男

船酔ひに似し八月の終りけり

いまどきの誰の終ひ湯蚯蚓鳴く

はろかとは常に草色法師蟬

こつつんと切子置かるる酒冷し

間引菜の嵩の嬉しき小半日

秋簾畳むこれみよがしに音

初雁の渡る尾根としえらみたる

誰彼の足跡深し水落す

新蕎麦を入れ歯はづして打ちはじむ

見渡して皆温かき秋の声

まなかひに秋を遮るもののなし

蕎麦刈りて千曲川見ゆ高みまで

二日月藁の匂ひと木の林檎

数へない事のさきはひ白鳥来

靡《なび》かずに箒木どれも色づきて

籾燃やす子守りの婆を一人置き

経に仮名振つてもらひぬ在祭

麓まで帯に錦の稲架掛けて

蔓引きて二日月から烏瓜

装束に誰も漏れなし初猟へ

新藁の匂ひ初湯で燗酒で

草もみぢ弁天へ径二手より
船通るたびに漣蘆刈りに
繰り畳ぬ川音《かはと》の花野麓まで

犬蓼のやうに奢らずこれからも

越後より杜氏の着きけり秋彼岸

上澄みのやうに楓の赤らみて

星月夜箸置く音の他なかり

どの家も夕餉済みたる居待月

稲架の列一番星に匂ひけり

神の闇仏の声の十三夜

まならに峰々の秋また仰ぐ

浜ここも漁の身支度鮭颪

木の実独楽寺のゆかりを聞きながら

蔦もみぢ山処《やまと》に風の吹き始む

蓮の葉に映りそめけりもみぢ山

きのふよりけふの錦木人信ず

後ればせながら茗荷の花の頃

落葉踏むまだ生きられさうな音

触るるもの見るもの多《さは》に秋終る

冬めきぬ鉋の音もさう思へば

藁匂ひ金槌の音冬支度

羽音して夜の刈田に鶴屯ろ

遺言のやうにいてふの落葉降る

蝋燭で見てももらひぬ冬囲ひ

雪囲ひ済ませ男の行く所

鷹狩りに一人つき行く浮世絵師

顔見世の離れがたかり四条橋

斗樽割り酒の配らる神の旅

男手の少し足らざり神迎へ

目秤で分けてもらひぬ冬苺

身拵へ少し気張りて河豚食ひに
梟のときどき滝の音の間に
神楽聴く握り拳を解きながら

牡蠣打ちの被りを取ればをみな達

埋み火に読みさしの本引寄せて

粕汁に燗酒熱うして賜《たも》れ

本閉ぢてはてさて何を年用意

第二章　平成三十一年・令和元年

三ヶ日ほんによき月よき阿亀《おかめ》

くつさめや団十郎の初芝居

もがり笛忘れ形見のやうにまた

梟に月満つ僧の御勤めに

恵方より風七色に及びけり

ほろと来てはらと帰りぬ雪女

北颪忘れた頃に藁匂ふ
牡蠣を割る世にひたすらといふことを
竹馬の音せり嬰の産まれさう

寒凪の細揺《ささゆ》れけふの終ひ船

昨夜の句の短冊どほり雪晴れに

竜の玉生まれながらに口下手で

煮凝りの鍋ごと持つて来られても
寒明けて叩《はた》きまづ掛く招き猫
切れ目なく問ひかけ呉るる淡雪よ

轟きて雪解川から大川へ

水仙の岬を傾ぎ船のまた

白子《しらす》干す裏参道の両側に

薄氷に映りて黄泉へ揚雲雀

囀や刀を磨きながら鍛冶

団欒といふ長閑さをどの灯にも

葱坊主数へてばかり女の子

春夕焼人に伝ふることでなし

ものの芽の聞き耳立つるやうにかな

川上に字の三つ四つ鐘朧

芽柳の丈を信じて木場の衆

紙雛の墓にからころ立子の忌

芽の桑を扇開きに解きにけり

星の名を知らぬ子ばかり涅槃西風

やつと群れととのうて鶴帰りけり

峯々にかしづくやうに名の木の芽
貝寄風の吹く日の本の反りながら
春の宵誰に頼むとなく酒を

亀の鳴く奥歯にものを噛むやうに

梅の花さらばは叔父の口癖よ

苗札の花の名読めて入学す

陽炎や嬉しきことに節つけて

広辞苑ほどの重さや恋の猫

弁天を抜けて差しけり春日傘

ふらここの小揺れ遠見に余生いま

桜花遺品の帯を陰干しに

山鳥の雄を皆提げ猟名残り

竹の秋姫街道はここらより

眼鏡橋くぐり反りけり初燕

桜より今年よき縁授かりぬ

薇を採んで下されわ和尚さま

彼方よりかなたへ声の鶴帰る

春日傘すぼめて花を払ひけり

沈丁花昔色街下り坂
忘れたき思ひ出あまた風車
墨滲み鰊曇りと書きありぬ

春の夢紐のほどけてゆくやうに

花見川船を蔵ひて終りけり

きのふより椿の下に箒跡

麓より桜の終り平らかに

校庭に童慣れけり桜蘂

湯上がりのやうに桜の花のあと

逆縁の母に今年のさくらんぼ

結び目の縄の十字に桜蘂

春の月欅の影を網にして

和布刈《めかり》竿立てて揃ひぬ女衆

懇ろといへば塗り椀蜆汁

戦なき世となな思ひそ若楓

葉桜の日に日に影を重くして

牡丹咲く昔ながらの隣組

桐の花蔵ひ忘れし幟竿

かぐはしき若草男老いやすく
沢鳴きも夏鶯となりにけり
大の字に雀隠れや男達

薄埃あげて春田へ水の音

藤の花罪を許してくるるかに

蜘蛛の糸月の雫として下り来

節々に雫ふくらむ今年竹

遠《をち》の帆も順に着きけり卯月波

四十雀鳴いてくれけり更に奥

めまとひや牛の匂ひのする辺り

押し黙ることを礼とす梅雨の星

人前に草矢放ちて男前

蛇の衣川音《かはと》の草に吹かれつつ

実梅もぐ動かぬ父の声ばかり

打ち水の匂ひの中を招ばれけり

苔の花仏足石に今年また

膝叩く祖父の扇も仏壇に

赤城より西へ五山や虹の立つ

峰々に謂れそれぞれ大西日

片蔭にもう一屯ろ入りにけり

放し鶏集められをり夕凪に

虚子旧居

虚子蚊帳へ終ひ電車の音聴きて

一皮を剝けば呟く筍よ

仏に掌螢袋を脇に置き

一人また婿の加はる夕端居

夕顔の頃合ひまでは居ることに

夕顔の花の数聞く眼病み妻

ひとうねり尾根に届きぬ青芒

寺桶の伏せて乾きぬ閑古鳥

砂日傘ひとつ畳めばつぎつぎに

太柱一巡りして子燕へ

天窓に声返りけり燕の子

親燕子供の丈をよぎりけり

日傘《ひからかさ》すぼめて差して浮世絵師

北枕足の爪先まで夕焼け

目移りも贅の一つや冷し酒

瀬の音を言祝ぐやうに合歓の花

昨夜京に今宵大阪祭り鱧

蚊いぶしのあをき煙の中に婆

めまとひを払ひ一日終りけり

誰誘ふとでもなかりし冷酒に

やれ囃せそれそこ退けや夏祭り

花火揚ぐ音も匂ひも届くのに

子を育て黄萱のやうに消えにけり

竿燈に遠雷の陰二度三度

稲妻に後れて尾根の轟けり

歌のやにこよなく晴れし長崎忌

貧しさも相見互ひや立葵

白芙蓉わたしのなかのもうひとり
見送られ迎へられけり底紅に
初秋と思ふたれかれ優しくて

きのふより音の澄みけり落し水

鈴木隆君

打ちて茹で洗ふ音まで走り蕎麦

箒木に透けて三日月夜となりぬ

花萩に音ありとせばひゆるるひゆる
金星に今宵後れて月の満つ
月昇る屋根におのおの物語り

箒木の紅見尽して身罷りぬ

月に父に言ひそびれしことといくつ

長男と呼ばれ永かり十六夜に

刈上ぐる稲田一枚づつ忘る

桃啜るけふの大事よ甲で拭き

遺産分け時々音の秋あふぎ

箒木に寄掛かられて凭れけり

秋まつり西へうねりてひんがしへ

柿に色呪文のやうにありがたう

蘆火を焚くことから始む二三人

団栗の照りて弾みて独り者

柿を干す爺様《ぢさま》婆様《ばさま》と呼びながら

願はくはもう一言を去来の忌

柿を干す注連の張られし稲荷前

抽んでて箒木の紅揃ひけり

越後より仏名宛ての新走り

扇子持ち師走太鼓の手ほどきに

読み上がる五十四帖冬の雁

奥の間に琴の爪弾き雪掻きて

顔見世の一人ひとりよ楽屋口

枇杷の花忘るることを手柄とす

堅炭を割りて並べてさて何を
牡蠣を剝く色の浜にも数へ唄
着重ねて言葉少なになりしはや

釘を打つ音のそちこち大晦日

第三章　令和二年

振り返りながら鋭声や初漁へ

祖父の来て重ね直せり鏡餅

的を射る音も遠音に弓始め

日蓮の像に笑みなし藪かうじ

千両や仏を信じをらねども

水仙の仏道から往還へ

寒声のどれも御山に還りけり

探梅の足音ばかり天神へ

命日の二つ済みけり寒昴

雪搔きて今宵誘うてもらひけり

霞より来て巡礼のまた離《さか》る

一畝を碧く返しぬ田搔馬

午後よりは少し高みへ畦塗りも

亀鳴くや灯消えたる法隆寺

初蝶と呟く限り旅心

幼らに少し遅れて孕み鹿

一尋は燕迎ふる高さにて

きのふから代田の匂ふ漣に

紅梅の語りそめけり寺縁起

雛の間に一席もらふ旅の宿

この先の旅づくろひや雛の間

立子忌の桃の蕾や墓の前

伝へ聞く話ばかりや春燈

凧揚ぐる呼び名いまだに華族さま

裾どこも磐梯山の春の雪
流氷の音して昏れぬ蝦夷神話
身繕ひそれほどまでに梅を見に

苗木市外れに掛かる芝居小屋

今年より芽木の殊更遠見癖

暖かし潮引く湾の反りもまた

次々に沖へ夜陰へ白魚舟

誰《た》に話そ忘れかかりし春の夢

野遊びの僕《しもべ》のやうに初燕

筆硯匂うてをりぬ春の月

振返る誰も真顔や鳥交る

宵の春摘まみ食ひまづしてご覧

宵闇の人の温か弥生尽く

こころより舟の灯を消す螢烏賊

悼

汝の記憶横顔ばかり桜守

伝へてよ申し送れや桜の夜

蓬摘むついで参りのまたついで

手秤に少し重かりつくしんぼ

往還より右へ幾人《いくたり》遍路宿

人様の子を叱りをる春田打ち

虚子の忌の列にをりけり仏生会

街騒も都をどりの日なりけり

万愚節後ろ弁天までならば

真青な泉の色よ身籠りぬ

楓の芽生きてここまでこれからも

かの星に神話のいくつ春燈

瞬きてまたも朧となりにけり

鳥交るここら辺りに塩の道

桜花ひとつ赦してみな赦す

葱坊主けふの遠出を花屋まで

てふてふと書きて初蝶忘れさう

屋根替へに分家そのほか作男

運河ここも荷舟溢るる糸柳

桜散る裾の吹かるるやうにまた

花終へて滲みそめけり桜の芽

てのひらの冷たき残花日和かな

葉桜の葉騒に醒めよ鳥獣

流行り眼に少し痒かり柿若葉

振仰げ籠りの日々の端午かな

桐の花会津名残りに指折りて

手袋を外し指差せ朴の花

玉繭や本家分家のこの日より

顔揃ふ膳に各々つばめ魚

謂れまで誰も知らざり初松魚

さりげなく新茶の包み誰彼に

紙屑の嵩もほどほど五月尽く

仏の名寺で聴きます麦の秋

桐の花かへすがへすも独りたり

早苗饗に一席もらふ巡礼も

正直といふ青梅のごときもの

早池峰に早苗靡けば皆なびく

折鶴を掛けてや吊りぬ青簾

実梅踏み生き永らへよ土不踏

桑の実や昔むかしを掌に

演舞場役者溜りの白絣

瓜の花みんなみに船揃ひけり

子守婆の帯の緩めや梅雨の入り

蜘蛛の糸二筋垂るる信ずべし

踊り場に振返りけり苔の花

名告るべしかの夜告ぐべし螢よ

上野《かみつけ》の空にも五山さみだるる

五月晴れ京へ大和へそれぞれに

冷麦を啜る音さへ素つ裸

見渡して梅雨も半ばやいかづちも
河鹿鳴く昔話も青田より
あめんぼの寸の大事や忘れずば

庖丁を研ぐ日もらひぬ梅雨明けて

ほうたる来《こ》水に写りし笹の列

漣にネオン一列川床れうり

日傘より悪女何人生れけり

夕顔に一声掛けぬ通夜帰り

海鳴りに崩れそめけり蟻地獄

ごつつんと互ひ一揺れ鵜飼舟

大夕焼異《け》に美しき内緒ごと

晩学は夕顔の花待つやうに

国許へ幟数へて戻りけり

雨乞ひに観音開き御輿庫

一丁は仏の恵み片蔭を

盃に植田匂へり今宵より
ますらをに突かせ下され心太
南天の花老いやすく哭きやすく

誰がための言伝て花のカンナ添へ

螢籠忘れてありぬ灯りけり

風鈴の聴えそめけり辞去せねば

人の世に急ぐことあり合歓の花

悼・森田公司さん

夏籠りや戦嫌ひの遠見癖

大川に流れ二手や星祭

鯊日和竿を跨ぎて叱らるる

釣り竿の列も退きけり川施餓鬼

棚経の僧の来にけり鮎下げて

迎へ火の順をもらひぬ娘婿

踊れてはゐてもゐなくも列の尻

八月の記憶あまたや流れ星

辻々の灯消えけり大文字

渡し舟終ひの便や鯛に

風の盆三晩明るく日本海

松を見て竹に聴きをり秋の風
待宵のをとこ泣くべし物陰で
会ふ誰も二百十日と言ひながら

誰もけふ話し上手や秋の声

菱の実を踏む音さへや独り者

匂はせて胡麻炒ることも冬支度

やや寒と言ひて媼の帰りけり

冬隣る列島細くさらに尚

今生に別れいくたび大花火

結び目に名付けいろいろ桔梗も

金星に少し離《さか》りぬ月満ちて

隣り家の食事のこゑも終戦日

月の名を日に夜に重ね二十日月

西鶴忌将棋の駒の音させて

稲架掛けて稲荷詣でを欠かさずに

桜紅葉匂ふあひだは通ひまひよ

浅間より順に赤城へ神渡し

十二月八日この日を忘れさう

牡蠣を剥くをみなの唄の揃ひけり

子規に書く繰り言長し漱石忌

往還に羽子板市のはみ出して

千里とは万葉人の冬の星

句集　花合歓　畢

あとがき

かつての吾が家の庭に、樹齢四十年の合歓の大木があった。東京駅にあるデパートの屋上で買った十センチほどの苗木を育てたもので、その花を振り返ると、吾が生涯の半分ほどと重なってくる。

昨年出版した『季語別 榎本好宏全句集』にも合歓の句が多く入っているが、中にはこんな一句もある。

夜勤つづく合歓咲きかけの三日かな

がそれで、夕方花を咲かせる合歓は去り難く、夜勤の折なども、合歓との別れを惜しみながら出勤する光景である。五十歳少々で早逝した家内の思い出の句も入れてある。

髪切りて花見に来ませ合歓のころ

がそうで、合歓の咲く六、七月ごろ、夏向きに髪を切って「花見に戻っていらっしゃい」と黄泉の家内に呼び掛けた一句である。
少々哲理めいた一句だが、こんな一作も混じっている。

合歓の花見上げて遺書を書くつもり

十数年前の作品だから面映ゆいが、一句に貫道するところは変わりない。それ故、今句集のタイトルに「花合歓」を据えてみた。
句集編集の任に当たってもらった「航」編集部の三浦郁、宮下徹、永井環さんお三方と、出版の労を取っていただいた岡幸子さんにお礼を申しあげたい。

令和三年七月

榎本　好宏

著者紹介

榎本　好宏（えのもと　よしひろ）

昭和 12（1937）年、東京生まれ。同 45 年、師・森澄雄の「杉」創刊に参画、同 49 年から 18 年間編集長。現在は俳誌「航」主宰。

著書に『森澄雄とともに』『季語の来歴』『六歳の見た戦争』『懐かしき子供の遊び歳時記』（俳人協会評論賞）『季語成り立ち辞典』『歳時記ものがたり』など。句集に『会景』『祭詩』（俳人協会賞）『知覧』『南溟北溟』『青簾』『季語別　榎本好宏全句集』など。

句集

花合歓《はなねむ》

令和三（二〇二一）年 九月十六日 初版 発行

著 者 榎本好宏

発行者 小口卓也

発行所 樹芸書房

〒一八六‐〇〇一五

東京都国立市矢川三‐三‐一二

電話 〇四二（五七七）二七三八

編集・装幀 航出版

印刷所 明誠企画株式会社

ISBN978-4-915245-75-6 C0092

定価は裏表紙に表示してあります。

落丁・乱丁本はお取り替えいたします。